KB265174

신생대의 여섯 번째 꼬리뼈

신생대의 여섯 번째 꼬리뼈

하승무 河承武_詩學齋,蘭史

1963년 경남 사천에서 태어났다. 1994년 박재삼 시인,
원영동 시인, 윤경수 문학평론가 3인의 추천으로 계간
〈한겨레문학〉을 통하여 등단했다. 한국문예창작교육원
원장으로 활동하고 있다.

ransah@naver.com 또는 kpts@kpts.or.kr

카리타스 현대시인선 001

신생대의 여섯 번째 꼬리뼈

—하승무 제1시집

The sixth tailbone of the Cenozoic era

by Ha Seung-Moo

돌선 출판 카리타스

카리타스 한국문학 현대시인선 001
신생대의 여섯 번째 꼬리뼈

초판 발행일 | 2024년 12월 7일

지은이 | 하승무
펴낸곳 | 도서출판 카리타스
펴낸이 | 박수정
도서선정 | 카리타스 한국문학 현대시인선 선정위원회
주소 | 68730 부산광역시 동구 중앙대로 298 부산YWCA 303호
전화 | 051)462-5495
팩스 | 051)462-5495
이메일 | enews88@hanmail.net
등록번호 | 제2006-000002호
@2024 Ha Seung-Moo & Karitas Publishing Company Printed in Korea

값은 뒤표지에 있습니다

ISBN 978-89-97087-87-7

* 이 책의 전부 또는 일부를 학술적, 비상업적 공공 목적의 인용 외에 영화, 방송, 드라마, 인터넷, SNS를 포함한 모든 매스 미디어에 재사용 하려면 저자의 동의를 받아야 합니다.
* 잘못된 책은 바꾸어 드립니다.
* 저자와 협의하여 인지를 붙이지 않습니다

본 사업은 2024년 부산광역시, 부산문화재단 〈부산문화예술지원사업〉으로 지원을 받았습니다.

신생대의 여섯 번째 꼬리뼈

신생대의 여섯 번째 꼬리뼈

육신에 갇힌 신어神語가

자만의 자폐 극단을 넘어

우주와 지구로 내려와

하늘과 바람과 숲과 바다를

노래한다

내 삶의 존재 이유인
하나님께 감사드리며
제1시집을 등단 30년만에
세상에 내 놓는다

2024년 12월 7일

하승무

차례

2부

이 도시가 슬프다

4부

일곱 색깔 무지개 도시

1부
태양에 땀이 난다

사과나무

지구가 우주 밖으로 사과를 던졌다 최후의 한 사람이 사과를 받았다
사과나무에 꽃이 피어 난다

하늘이 내뱉은 코끼리 손 이야기

푸른 하늘이 마치 성난 파도처럼 잿빛 구름으로 뒤덮이자, 난데없이
긴 코가 공중에서 오물통으로 떨어졌다 오가는 사람들과 여기저기
서 이 소식을 듣고 온 국내외 기자들로 인해 신문과 방송에서 온통
떠들며 북새통이다

　아가야! 너는 아니!
「♩코끼리 아저씨는 코가 손이래♪」 모른다구! 그렇구나!

알고 보니, 지구로 떨어진 코끼리의 몸은 코끼리 발톱만하고
코는 코끼리 덩치만한 것이 아닌가?

코끼리 코에 걸린 전자 인식표를 자세히 보니, 알 수 없는 고대 상형
문자를 비롯하여 헬라어, 라틴어, 영어, 중국어 등 문맹자文盲者들의
언어와 이름 모를 각종 방언으로 이렇게 쓰여 있다

　'지구 생물 중 최상의 품종' '일명 지구코끼리'

_2006년 12월 5일 공동시집 「꽃이 핀다 푸른 줄기에」 작가들

태양에 땀이 난다

블랙홀의 문꼬리가 우주 밖으로 떨어지던 날 일곱 색깔 무지개는 하늘 끝에서 끝으로 말리고 혼돈의 줄다리기는 광란의 몸짓을 일으키며 허공을 가로 지른다 이 땅에 정착한 정육면체의 변종들 먹다 남은 썩은 사체 덩어리가 하늘로 치솟아 흩어져 날리고 끊임없이 무색 무취의 입자가 위에서 아래로 아래에서 위로 스며든다

TV 속으로 컴퓨터 속으로
잡지 속으로 예술 속으로 철학 속으로 학문 속으로
내 눈과 귀 속으로
열두살 영희 몸 속으로 병식이의 손 속으로
민규 아버지의 가랑이 속으로
이웃집 젊은 새댁 자궁 속으로
끝없이 흘러간다
그리고
생명 암호 하나 하나에 자리 잡아
또 다른 형태로
모양을 바꾸며
마지막 몸부림으로
잿빛 천국을 꿈꾼다
때가 가까왔음일까

_1999년 9월 30일 계간 「게릴라」 신인특집, 예니

태양에 땀이 난다 · 2

빠름의 연속일까 어제만 하여도 따사롭던 햇살이 빗나간 화살처럼 내 두 눈을 빗겨 가고 거대한 이 도시는 하마 입을 벌린 채 가쁜 숨을 내쉰다 까치발에 걸린 구관조는 언제나 늘어진 테이프 소리를 거듭하고 아황산가스에 내던진 내 이웃집 갓난아기의 여린 폐는 어느새 힘줄을 드러내 때로는 4분의 4박자 때로는 8분의 8박자 일제 때 징용에 끌려 가 석탄 가루에 찌든 옆집 이씨 아저씨처럼 온몸을 부르르 떤다 길 건너편에는 쉴새없이 돌고 도는 도시의 25시가 열 네댓의 어린 소녀를 미끼로 호객질하고 젊은 날 여기저기에 뿌려 놓은 자신의 분신인 줄도 모를 여린 피붙이의 하얀 속살을 더듬는 광란의 파노라마 음탕한 비린내가 온 지면을 감돈다

_1999년 9월 30일 계간 「게릴라」 신인특집, 예니

직립인의 눈과 심장

극락을 향해 가는 광활한 평야에서
괴물의 형상을 가진 천사의 무리를 보았다

그들은 사람들의 눈과 심장을 도려내어 두 손에 움켜진 채로 우걱우
걱 씹어 먹고 있었다 쳐다보는 것조차도 역겹다 보는 것 자체가 심
장을 도려내는듯 고통스럽다 연신 토역질이 밀려나오는 것을 혀를
깨물어 가며 참아낼 수밖에 없었다 눈을 감아도 보이는 기현상, 그
괴물 같은 천사의 우두머리에게 물어 보았다 무슨 이유로 사람의 심
장과 눈을 먹고 있는가 그는 대답했다 '눈은 영혼의 창이며 심장은
영혼의 그릇이기에 이 두 가지를 꼭꼭 씹어 먹고 있다네' 나는 다시
물어 보았다 무슨 맛으로 그것을 먹는가 그는 대답했다 '직립인의
눈과 심장은 사람이 꿈꾸는 파라다이스의 벌꿀보다도 더 달콤하고
향기롭기 때문이지', 나는 다시 물었다 왜 향기로운가

그는 대답했다 '자네도 인간의 눈을 보면 안다네'

_2023년 6월 15일 계간 「문학과 의식」

혀끝의 풍선에 걸린 흔들의자

혼재된 광기, 망상과 망동의 혀

푸른 숲이 뿜어내는
맑은 공기가 가득한 푸른 대지와
파란 바다가 인접한
풍경 위를 날아오르는 작은 풍선
미래를 높이 솟구치는
그림 한 폭이 눈앞에 보인다

달콤한 악취를 풍기며
독기가 가득한
이내 터져버릴 애드벌룬이 웅장하다
각종 미사어구가
봉인된 갱도를 향해
가속도를 더해가는 시간의 속도
땅의 공식이 화려함을 더해 가는
발악의 혀끝과 따로 노는 12쌍의 말초신경
전혀 알아낼 수가 없다는 것이
현상 아닌 현상이다
보면서도 볼 수 없는 것이
혹형 중의 혹형이다

모든 것이 서라운드 되고
파노라마 된다
끝에서 끝으로 연결된 시작과
출발 시간이 더해진
마하 6.0 이상의 세상이
실제처럼 가상된
극현실화의 무수한 동영상들

광기의 한계치를 향해 달려가는
직립인종의 눈과 귀
손과 발의 신경세포화
극초음속의 속도보다 빠른
마하 6,66+α 을 달리는
직립인으로 분리된 사고와 논리는
그다지 불가해한 현상이 아니다

눈으로 보지 않고
손으로 만지지 않고
혀끝으로 맛보지 않고
온몸을 뒹굴어 보지 않고
어떻게 믿을 수 있겠냐고 말하는가

아, 확인할 수 없으니
이 얼마나 안타까운 일인가

직립인간이나 사람이나
공통분모의 DNA가
마지막에는 은폐를 하기 위한
타협의 지점이 된다
원인 없는 이유, 이유없는 원인,
그것으로 원인이 되고 이유가 되버린
밖이든 안이든
아니면 상황이든 환경이든
중성과 양성의 핵이 미쳐 날뛰는
변형세계의 유희가
땅의 총합적 막장 드라마의 마지막 동영상이다

혀끝의 풍선에 걸린 흔들의자가
마구 비틀거린다

_2023년 6월 15일 계간 「문학과 의식」

몽상기, 티끌 밖의 무풍

바다 속 눈물 방울은
물결을 따라 흘러가지 않는다

환상 여행은 끝과 끝의 미로 속 마성의 미로
우주의 끝은 볼 수가 없다
시작이 보인다
무한과 무한 사이에 쉬어가는 정거장이
상쾌한 에너지를 계속해서 뿜어내고 있다

쏟아진 눈ㅂ들이
오목 볼록한 모양의 얼굴들이
형상이 박동하는 심장들이
레바논의 백향목 아래에서
거룩한 지성소 앞으로 나아와
싯딤나무의 푸른 잎을 뿌린다

아, 비틀거리는 여행객이 지나치면
위험 신호가 발동한다
한동안 긴장감이 지속된다
무한 밖의 무한에서
눈물방울 방울이

끝임 없이 흘러 들어온다

신기할 정도로 +-0.0∞12의 오차 없이
순도 백퍼센트가 늘 유지되고 있다
유독 뚜렷하게 확인할 수 있는 것은
소멸이 기한된 북극성이
땅으로 떨어져 난장판을 친다는 것,

뒤틀린 수많은 스펙트럼이
비눗방울처럼 톡톡 터진다
넋 빠진 놀이와 이상야릇한 분위기가
기억의 단절을 장난질하고
변곡점을 지속적으로 방해한다

아, 열광하는 고무풍선이 미친 듯이 가상의 블랙홀 속으로 달려 들
어가고 다중다상의 몽상기夢想記를 환상의 그림으로 만들어낸다 아
이, 어른 남녀노소 할 것 없이 땅의 작가들이 꽉 채운 몽환적인 그림
들이 주제별 동화가 되어 모든 세기의 몰락을 스크랩하여 영상화하
고 있다 꺼지지 않는 촛불이 폭풍바다의 물결 아래에서 생생한 숨소
리를 전한다 우주 폭풍이 거침없이 밀려 올 때면 명명할 수 없는 물
질과 비 사물체가 성큼성큼 코앞까지 다가온다 촛불을 끄려는 온갖

수단과 방법이 난무한다 폭풍 밖의 폭풍으로 폭풍 속의 폭풍을 연이
어 유발한다 허공 속에서 색깔 없는 물질과 물질이 서로 부딪치며
부유하듯 떠다닌다 물체화된 형태들이 블랙홀의 초미립 중간 지대
에서 당돌한 야욕으로 장난질이다 극도의 쾌감을 자아내는 연무 속
의 연무를 연신 뿜어낸다 기괴한 몽상층을 형성한다 신비함과 거룩
함을 포장한 미로 속의 미로를 유일한 숨구멍으로 안다 태양의 흑점
을 우상의 젖줄처럼 떠받든다

흔들리지 않는 불꽃심은
묵직한 침묵의 언어로,
미동 없는 신선한 티끌 밖의 무풍으로 감싼다
하늘 밖의 빈 하늘들이
다양한 펄사의 미풍으로 화답한다
영원 밖의 순도 백퍼센트의 새 하늘이
슬로우 모션처럼 느리기 만하다
무한의 시작과 끝의 내부를 통과하여
영원한 광채를 발한다

_2023년 6월 15일 계간 「문학과 의식」

신생대의 여섯 번째 꼬리뼈

우주반란의 서막이라고 할까
행성은 점차 잿빛으로 물들고
도시는 연일 사이버 환상여행
20세기의 미래는
가상현실의 유토피아로
대체되고
女가 女인지
男이 男인지 뿌리조차 알 수 없는
신유니섹스의 노랑머리 파랑머리
「그런데, 눈은 왜 파란색 빨간색으로
염색할 수 없을까
아니야 염색체를 바꾸면 가능하지」
허공에 떠도는 달빛 사제들은
그나마 남아 있는
인간정신의 멜라니 색소를 잠식하고
본질은 이것이다 아니다
짙은 회색빛으로 가려진
의문의 꼬리표가 꼬리에 꼬리를 물고
감히 침범할 수 없는
생명의 틀을 붙잡고 있다
검은 그림자는 문밖에서 서성거리고

아메바는 말을 잊은 채
힘없는 촉수만 흐느적흐느적
겨우 6개월을 넘긴 핏덩이들이
처녀의 자궁 속에서
신생대의 여섯 번째 꼬리뼈를 붙잡고
막 세상으로 뛰쳐나오려 한다
이것은 분명히 우주반란의 서막이다
일찍이 우리 할아버지의 할아버지
그 할아버지의 할아버지가
말씀하신 것처럼
뉴톤의 사과나무가 썩을 때
애기 울음소리는 그친다고 하셨다
그때는 모든 것이 끝이라고 하셨다

_1999년 9월 30일 계간 「게릴라」 신인특집, 예니

1+5막의 인공도시

잿빛 구름 위아래로 검은 지붕이 보인다

창끝보다 예리한 인공도시가
수직으로 강하하고 있다
폭풍 속을 막 뛰쳐나온
그날그날의 기억이
연속으로 찍힌 끝없는 점들이
파노라마되어 나타난다
처음과 끝이 연결된 종편을 시연示演한다
악취를 토해 내는
거대한 규모의 총체적 연극이다
심장을 내리치는 6톤 중량의 무게가
이웃집 신인종과 바람난
여자남자의 신음소리에 묻혀서
순간, 깃털처럼 가벼운 환각 상태를 만든다

주저 없이 욕망의 바다로 달려가는
고멜을 향해 차라리 성녀라 부르자
여자가 남자인가
남자가 여자인가
짐승이 짐승인가

인간이 사람인가
사람이 사람인가
끝없이 순환하는 동굴 속의 축제들
구조화된 시장통의 혼음混音들
시작도 끝도 없는 망상의 정의, 정의
막간이 사라진 1+5막의 간계가
드디어 초자극제로 발휘된 것일게다

창문 너머로 급하게 피어오르는 연기가 비명을 지른다 지난 해 마지막 봄, 햇살이 유언처럼 남기고 간 숨죽인 이별 때문이다 난 숲에게 아무 말도, 어떤 움직임도, 표현할 수 없는 부동의 자세로, 부동의 침묵으로 뱀의 머리와 꼬리를 잘라내었다 순식간에 천고天古의 광채가 고요한 적막을 잠재우고, 그 자리에 깊은 바다가 서로 교차한 정점을 거부한 수직강하하는 우주의 종언을 보고 또 본다

파멸이 소각된 저편에서 맑은 소리가 잔잔히 들려온다
점점 울려 퍼진다
우주의 반란을 잠재운
낮고 낮은 저음의 중량감이 상상 불가한
파동이 되어 밀려온다
아, 새로운 세상이 보인다

_2023년 6월 15일 계간 「문학과 의식」

쌍어의 비상

모든 뿌리의 근원은
시작과 끝의 시작이다

물체와 비물체의 내외부를 통과하는
선형이든 비선형이든
곡선이든 비곡선이든
의식이든 비의식이든
완전히 굴절된 암근癌根을 해체하는
물고기의 날개는 뇌수술 매스보다 예리하다
광채가 발한 광로의 열쇠,
그것은
헤아릴 수 없는 무수한 열광이 하늘을 찌를 때,
황금 비늘을 날려 암구癌口의 입구를 봉쇄한다

절망이 짙으면 죽음의 장막이 내리지만
순결한 소망은 빛의 길을 따라 간다

하늘빛이 하늘과 하나이듯 광채는 푸른 행성을 품는다 물고기가 퍼
덕일 때마다 파괴의 속도가 파괴의 횟수가 기하급수적으로 증가하
는 순간이다 왜 그럴까 최후의 발악이 순간으로 이어진 일상화된 열
광의 현장, 자율 자가 조정 장치가 해제된 가속화의 심장이 발광을

견디다 못해 밑바닥을 무한궤도로 연결하여 암구를 향해 돌진하는
환상여행이 보인다 고상한 벼랑 끝, 폐허의 괴성과 관 속의 검은 눈
이 건조한 피부 위에서 박제된 원색의 노래로 신음하고 있다

　아, 청아한 쌍어의 비상
　세포가 열리는 행렬 행렬들

2부

이 도시가 슬프다

이 도시가 슬프다

지축이 흔들린다
태양이 땅으로 떨어져 춤을 춘다
카인의 음산한 뼈가
의식을 상실한
그날 이후,
시간의 줄다리기는
거울 앞에 서서
망각의 사생아를 낳고
거꾸로 선 주검의 행렬만이
이 도시를 덮는다

_1999년 9월 30일 계간 「게릴라」 신인특집, 예니

이 도시가 슬프다 · 2

자극과 반응의 단순성
본능의 단세포화
세기말이 생산한
감각의 시뮬레이션 속에
갇혀버린
내 아비와 누이 동생
흐물흐물한 육체 속에
욕망의 분비물은 넘쳐 흐르고
무더운 한여름
공동어시장에 가 보아라
때 지난 동태처럼
네 눈은 초점을 잃은지 오래
어둠 속에서
아스팔트는 더욱 달아오른다
늘어진 콜타르 속에
기억의 고리는 점점 문드러지고
신세기의 이 도시는
점점 침몰해 간다

_1999년 9월 30일 계간 「게릴라」 신인특집, 예니

이 도시의 슬픔과 어둠

일九九九년
태양이
자정을 가리킬 때
이 도시의 어둠은
포위를 당한 채
비명을 지르고
미래를 만들어내는 내일은
어느 매립장에 묻혀 버렸을까
도시는 인간이 쌓아올린
철벽같은 모래성
시간의 계단에서 건져온
과거의 거울은
어둠 속에 던져지고
그 때마다
나는 그 어둠 속에서
오른쪽 눈을 후벼대고
오른손을 잘라내고
언제까지 나의 백체百體 중 한 개라도
남아 있을까

이九九九년까지

_1999년 「부산시인」 75호 부산시인협회

이 도시의 슬픔과 어둠·2

하나하고 아홉 그리고 더블나인해에
나는 나의 초상을 찾는다

나는 매일 거리를 스치는 몰골과
카페 이곳 저곳에
모여있는 암수들의 몰골과
꽤나 유식한 덩치들의 몰골과
개체들의 의사意思와는 무관한
무차별의 계수놀음 속에서
정교한 도구로 장식한
동물들의 몰골을
일일이 바라보았다

그것들의 입술은
뱀같이 미끌미끌하고
그것들의 눈은 비둘기처럼 부드럽다
하나같이 살가죽은
찢겨지고 기워지고
인간으로서의 모습도
아니, 생물로서의 모습조차도
찾아보기가 어렵다

나는 오늘도
나의 침실로 돌아와
왼쪽 눈을 후벼데고
왼손을 잘라내고
나는 나의 의사와는 무관한
정교한 도구들을 매일같이 만난다

二九九九년까지

_1999년 9월 30일 계간 「게릴라」 신인특집, 예니

파스칼의 갈대숲을 지나면

어디선가 사각거리는 소리가
파스칼의 갈대숲에서 들려온다

광란의 열풍이
더해 가는 이 도시에
전천全天으로부터 쫓겨난
유혹의 사신邪神들이
이곳저곳에 뿌려놓은
소리 없는 정욕들

얼마나 뿌리가 깊어서인지
골수와 뇌세포 하나하나에
분리불가할 정도로 전이되어 있다

이종異種 세포를 표백하는 소리였던가

순백의 이슬은 참으로 부드러운데
소리 또한 고요하여 너를 감싸고
나를 감싸고 모두를 감싸는데

얼마나 거칠고, 단단하기에

얼마나 험악하고 흉악하기에
이토록 사각거리는가

오늘도 파스칼의 갈대숲을 지나면
계속해서 들려온다
사각거리는 소리가
생명이 소생하는 소리가

불멸의 섬에 닻을 내리다

폐허의 낙원에서 건져 올린
생래적 보물을 하역할 정박지를 찾아서
여행하는 일정 내내
불치의 배낭을 짊어진
늙은 구마사의 괴변을 듣는 것도
천 삼백일이 지나고 있다

안락한 실낙원을 떠날 때
개수 공사를 하지 않은 탓인지
무더운 여름철 돛대 위에
지난 겨울 한차례 휩쓸고 간
매서운 한파가
날카로운 서릿발이
아직도 뻗쳐 있는 것은 왜일까

항해하는 동안
배는 매우 편안하고
다양한 기술자들이 풍족해서
안전상 문제는 하나도 없었다
그런데 배 이곳저곳에서
알 수 없는 아주 미세한 균열과

화려하고 수려한 사람들 속에서
왠지 모를 퀴퀴한 냄새가
모든 승선객의 코끝을 자극하는 것이 아닌가

지구의 모든 생물 가운데
전혀 찾아 볼 수 없는
괴이한 물체 하나가
배 밑바닥 저판 나무 시절에
미리 똬리를 틀고 있었던 것일까

아니면
사람마다 속으로 썩어서 풍기는
별스러운 암내가 뒤섞이어
특유한 냄새를 풍기는 것일까
이사람 저사람 할 것 없이
자신의 냄새는 아니라고 항변을 한다

지난 여름에 배가 뒤집힐 위기 속에서도
간간히 극도의 공포를 자아낸
신세대의 젊은 괴사제의 괴변에도
한마디 대꾸도 없었던 어린 양치기가

기지개를 켜며
우레와 같은 목소리로 외치지 않는가

'실낙원을 떠날 때 가져온 것이 있잖아요'
'배에서 일어나는 모든 일과 목적지가 어디인지
그 안에 쓰여 있어요'

선장이 봉인된 책을 펴는 순간
갑자기 안개가 걷히면서 정박지가
뱃머리 끝으로 다가오는 것이 아닌가

기나긴 항해와 온갖 우여곡절 끝에
드디어 불멸의 섬에 닻이 던져졌다
항해 중에 보물의 진가를
갖은 잡설로 무시했던 사람들은
동승인들의 간곡한 만류에도 불구하고
다른 섬에 하선하고 말았다
선장이 내려서
책에 적힌 정박지가 이곳인지
도선사가 입도를 허락한 후에야
제대로 도착한 불멸의 섬이었던 것이다

그런데 참으로 이상한 것은
도착한 사람은
선장 가족과 어린 목동의 주례로 결혼한
부부의 자녀들과 손자, 손녀 부부들과
그들의 손자, 손녀들뿐이었다
그곳은 섬 원주민 말고는
이곳으로 떠날 때 동승했던 사람은
이들의 자손들 외에는 단 한사람도 없었다

_2019년 11월 10일 월간 「부산문학」 시를 논한다

시간 여행자

네가 얼굴에 땀이 흘러야 식물食物을 먹고 필경은 흙으로 돌아가리니 그 속
에서 네가 취함을 입었음이니라 너는 흙이니 흙으로 돌아갈 것이니라
(창세기 3장 19절)

흰 동공이
허공을 응시하고
사지四肢가 공기를 놓을 때
사자死者의 시간은 무존재

하늘로 증발한 생기
땅으로 떨어진 욕된 몸둥아리
살아 있다는 것이
영원하다고
무한 시간 속에
유한 존재를 망각한 시간 여행자

사자는 지금도 땅으로 돌아가고 있다
인간은 계속해서 먹고 마시고 춤춘다

그러나
시계추에 걸린 시간 여행자의 여행 일정표는
오늘도 내일도 변함이 없다

_1994년 5월 1일 계간 「한겨레문학」

황금빛 칼날

서울타워 아래의
이 도시는
질퍽한 형상의 몰입에 열중이다
산발로 풀어헤친 헤어 아티스트의
황금빛 칼날이
도시 이쪽에서 저쪽으로
쉴 새 없이 멈추었다가
달아나고

나는 그것에 반란을 일으키려
초침 속으로 사라져 가는 기억들을
붙잡아 맨다
형상과 형상으로 합성한
몰골과 몰골의 논리와
우둔한 명철성을 대변하는
입과 입의 중량과
끊임없이 매몰되는
삶의 생리와 한계를 벗어나기 위해
나는 날마다 죽는다

그래 살기 위해 나는 죽는 것이다

_2006년 12월 5일 공동시집 「꽃이 핀다 푸른 줄기에」 작가들

내가 가장 무서워 하는 것, 셋

1. 과거

돈
폭력

그리고 인간

2. 현재

인간
인간들

그리고 나

3. 미래
인간
인간들

그리고 나의 나

시인

시인이
시인이 되려나

시인時人의 세상에
정말
시인이 되려나

기어이,
시인의 광장에
배설한
자기방어에 탁월한
시간의 비례대칭인지,

힘의 무게를 놓혀버린
얼굴 속의
일그러진 형상인지 알 수 없어도

정작, 시인이
시가 된다면
나는fly 깃털조차 놓지 않으랴

_2007년 8월 30일 계간 「작가들」

3부
맨홀에 빠진 눈동자

육신의 땅
– 압구정동을 다녀와서

봄비여
저 주검의 땅
바벨의 유토油土 위에 입맞춤하라

해골 뼈다귀가
나 뒹구는
저 황량한 벌판
소돔과 고모라의 땅

잿빛 그늘이 드리워진
회칠한 가면 무도회에
춤추는 신부와 거리의 여자가
서로 웃고 있다

언제 또다시 무지개는 뜨는가

봄비여 저 갈라진
육신의 유토 위에
생명의 피를 뿌려다오

_1994년 5월 1일 계간 「한겨레문학」

맨홀에 빠진 눈동자

사가르마타의 정상에서
마지막 선로가
기관차의 혀의 용광로를 통과한다

고비 사막을 건너
아라비아의 무더운 열기를 견디고
북극점의 중심부를 지난다
춤추는 남극점을 겨우 건너서
최후의 정글을 헤치고
거친 흰 산을 넘어서자
최초의 흔적이 자꾸만 중얼거린다

달이 기운 어느 날,
가로등 불빛 아래에 드리워진
그림자 속에서
파멸의 눈동자가 가는 숨소리로
무엇인가를 전하려
안간힘을 쓴다

갑자기 왼쪽 눈알이 도망을 간다
오른쪽 눈동자가

풍선과 풍선 사이에서
하늘을 향하여 눈을 돌린다
맨홀에 빠진 왼쪽 눈알이
최후의 비명을 지른다

그 소녀의 눈동자

눈부신 눈의 나라

찬연한 석양빛을 맞으며
걸어오는 애 띤 두 소녀가
두 눈을 껌벅거린다

꿈의 안개 속에서
방금 뛰쳐나 온 것처럼
실낱같은 두 눈에
눈동자가 보이지 않는다

거친 밀림 속을 뚫고 나온
길잃은 도시인의
두 손과 두 발
산등선을 넘고 넘어
천길만길 벼랑 끝 외길을 통과한
늙은 양치기의 두 눈꺼풀

수백 년의 세월 동안
호리병 속에 갇혔다가
세상 밖으로 나온

천년 왕국 공주의 두 눈

지나친 모든 시간과
땅의 모든 시간을 저울질하여
찾고 또 찾아본다

사람의 머리가
벗어날 수 없는
유혹의 신기루 속을 헤치고 나온
인간이 아닌 사람의 형상

어디쯤 왔을까?

혹시, 그 소녀가 아닐까

은행나무 전설

도시는 늘 분주하다
쉴 새 없이 젊음과 노년이 취하고
동틀 녘, 서울타워 아래에서 생산되는
일 리터 산소에 호흡하는 거리의 모든 움직임,
병원 문을 나선 혈우병 환자처럼 생기가 돈다

참으로 산다는 것이 신기로워 보인다
거리르 오가는 임산부의 뒤뚱거림도
타워펠리스, 아크로비스타
첨단 하이테크 공간에 사는 이웃들도
금방이라도 도시를 삼킬 듯한 잿빛 하늘도
가강공간에 둘러싸인 아이들도 더욱 그렇다

일찍이 고궁 한 켠에 뿌리내린 은행나무가
나를 물끄러미 내려다본다
혹여, 지난 천년의 전설을 회상하고 있는 것은 아닐까
사람이라는 단어가 낯선 시대에
생각하면 서러운 것들이지만
공통된 그 무엇을 위하여
결코 울어서는 아니될 너의 절규를 듣는다
오늘도 별스러운 신세계를 바라본다

_2006년 6월 1일 계간 「작가들」

아마데우스는 이미 죽은 사람이야

모두가 열광하는
여름날 정오의 야외음악회
오랜 시간이 지났지만
맹독에 중독되어 있는
낌새조차 소풍가고 없다
모차르트는 그저 보라색 지휘봉으로
연주만하고 있을 뿐,

갑자기 납치당한
여자의 귀가 요동치고
귀머거리가 된 베토벤이
귀 속으로 자꾸만 여행을 떠난다

미래의 모든 음표를 동원하여
화려하게 때로는 격렬하게 연주하여도
콘스탄체의 박수소리가 들리지 않는 것은
분명히 이유가 있다는 것,

굳게 닫혀 있던 소년의 입술에서
미세한 음성이 들려온다
아마데우스는 이미 죽은 사람이야

_2019년 11월 10일 월간 「부산문학」 시를 논한다

쇼생크 탈출

62

홀로된 말들이
흩어진 생각들이
버려진 구술들이
독수리처럼 날아서
기억의 뒤안길을 돌고 돌아,

날카로운 철망으로 둘러쳐진
육면의 벽을 뛰쳐나와
너에게로 간다
깊고 깊은 붉은 심장의
정점을 향해 너에게로 간다

깨어난 나비가
살포시 엽서 위에 내려앉는다

말들의 반란

매일같이 공격을 당한다
시라는 이름으로
쓰여진 말의 철자들로부터

불편한 그리고 부끄러운
말이 아닌 시라고 쓰인 것들 앞에서
혐오스러운 가장 혐오스러운
그리고 역겨운
장난치는 부끄러운 시들 앞에서
나는 나의 얼굴을 쳐다본다

자만하였던
오만하였던
능욕하였던
교만하였던
얼마나 부패하였던지
너무나 수치스러운지

숨기질 않고
포장하지 않고
과장하지 않고

있는 그대로 쓰여진
말로써 시가 된 말들 앞에서
나는 날마다 거울을 본다

불안한 행렬

꿈속에서
기나긴 여행을 마치고 도착한
도시의 아침

온 사방을 헤매어 다녀도
보이지 않는 형상들
보이지 않는 신성들
보이지 않는 우상들
그리고
보이지 않는 사람과 사람들

그곳은 근접할 수 없는
철갑인간의 행렬만이
혀의 꼬리를 물고 물리어
돌고 있다

人과 間

손과 손 사이
눈과 눈 사이
입술과 입술 사이
숨결과 숨결 사이

천둥 벼락에
깜짝 놀란 人과 人 사이
문이 닫히자
화석이 되어 버린 人과 人 사이

야! 드디어 한 몸 되었네

일년이 지나고
일백년이 지나고
또 지나고
또 지나서

흔적조차 사라진 人과 人 사이
완전히 분해된 人과 人 사이

詩人

시인은 무엇을 위해 사는가

가죽만 남은 모습일지라도
떨리는 손에 움켜진 도구는
루시퍼의 반란에 맞서 일어선
거대한 고토의 깃발

시인은 무엇을 위해 사는가

어둠의 광장에서
마지막 바벨탑을 향하는
복잡한 두뇌 종교에
맞서 일어선 최후의 성전聖戰

시인은 무엇을 위해 사는가

줄기차게 일어서는 모략과
말의 투쟁과 현란한 수식어와
냉철한 논리와
육체의 풍만함과
빼어난 두뇌와

찬란한 명예를 거부하는

그렇다 시인은
광장 밖을 향하여 외치는
마지막 시인의 이름으로
하얀 돌을 가슴에 품은
마지막 시인의 이름으로

그렇게 사는 것이다

_2008년 11월 20일 공동시집 「세이한 고비」 작가들

4부
일곱 색깔 무지개 도시

반란

등을 마주한 두 개의 얼굴 속에
살아있다는 증거처럼 형체가 꿈틀거린다

시간의 연속은 뇌세포의 탈락을 알린다
새로운 쿠데타는 또 다른 증명사진을 찍어 댄다
아무도 가르쳐 주지 않았다는 망각의 연속성

살아 있는 형상이라고 다 살아 있는 것은 아니다
지극히 평범한 활상活狀의 증거
땅의 기층氣層이 경도의 각을 세우는 현장이다

날명涅名으로 회피성을 각인하는 것은
물상이 얼마나 극명한지를 보여주는 처절한 몸부림

속도는 종결을 알린다 끝이 마지막을 거부한다

끝이 보여준 시원의 시작과 최후의 군상은
낭자한 피의 잔치가 아니다 형체와 형상
그리고 형질마저 하나가 되는 신세계의 시작이다

유혹의 첨단 기술이 형체를 형상으로 대체할 때마다

거대한 해일 속의 칼날은 세포 하나하나를 파헤친다

그런데 이상하다 형질은 변하지 않았다 형체도 그대로
또 한 가지가 이상하다 시작이 다른,
아예 구조가 다른 그 무엇이 계속해서 움직인다

꿈틀 꿈틀

소년의 전설

1
고대의 원시림 중앙에 우뚝 서있는
수천억 광년의 고목 꼭대기에서
사람으로 태어난 소년

전 우주, 태양계, 지구, 하늘, 땅, 바다, 사람
그리고 달콤한 망고와 여자의 자궁

2
둥근 터널을 지나서 돌아갈 자리,
돌아간 자리,
출발한 그 자리

유통기간이 6년이 지난 약품으로
불치병을 치료하고 있다
죽음이 임박한 6개월의 시간은 점점 줄어든다

'생명에는 지장이 없습니다 믿고 기다리면 효과가 나타납니다'
'반드시 낫습니다 의료진을 믿고 기다리면 됩니다'

얽히고설킨 중인종中人種의 발효된 말장난에

낙원으로 가는 길목에서 소년의 친구가
여자의 유혹에 발목이 잡혀 있다

오, 뇌세포가 변이하는 자생한 부패여

3
색녀의 혼잡한 말은 소년의 전설을
달콤한 발음에 가두고
헤아릴 수 없는 끝없는 줄기 줄기를
꼬아서 가공한 수십억만 마리 유산균의 달콤한 언어로
해방된 풍만한 유방들로 연인의 음어로 가공한다

거대한 가면무도회의 톱니바퀴가 돌아가는
화려한 장식장이 덜썩덜썩 거린다
신이 나서 춤을 춘다

세포 세포의 급격한 변이와 증가 그리고 뇌세포의 탈락

4
미래로 가는 영생의 대로
좁디좁은 비탈길이 보이지 않는다

고통, 분노, 시기, 질투, 자기애, 자의식, 고요한 착취
아, 이기적 독해와 달콤한 독설이여
파괴의 창끝에서 춤을 춘다

유혹의 창날을 노래하는 남창과 여창의 신음 소리
그리고 fade out

어디선가 신비한 노래 소리가 들려온다
다시 fade in

아, 소년의 전설로 다시 살아난
무한궤도의 바퀴 소리가 들려온다

_2019년 11월 10일 월간 「부산문학」 시를 논한다

사람이 그곳에 있기 때문이다

아직 가야할 길이
아득해 보일지라도 가야 한다
걸어서 하늘 문에
이를 때까지
천년의 발자국을 옮겨야 한다
가야할 이유가
있어서가 아니라
사람이 그곳에 있기 때문이다

시간이 시간에 지쳐
유기된 존재의 초감각에
무조건 반응하고
끊임없이 인공 질량을 방출하지만
가는 이 길에
행성의 무게를 등에 지고
뒷걸음을 내딛는 것은
죽음과 혼동의 속도가 영원히 정지된
무지개 동산이 있기 때문이다

가는 이 길이
미련하게 보일지라도

금세 사라지다가
연이어 일어나는
사막의 신기루 축제에
두 눈 부릅뜨고
천년의 발자국을
뚜벅뚜벅 내디디며
일곱 색깔 무지개 도시를 향한다
아득함이 벗이 되어
좁디좁은 그 길을 걷고 있다

앞서간 두 발자국을 따라서

_2011년 10월 15일 공동시집 「소사나무숲」 작가들

일곱 색깔 무지개 도시

꿈에서 깨어나자,
불현듯 눈앞에 전개되는
고대의 영상들
육각형 도시 안에
여섯 개의 성이 보인다

황금병풍으로 에워싸인
세 명의 갓난아이가
마른 뼈가 살아 운집하는
갈渴숲에서 벌떡 일어선다

오른손에는 하늘을
다른 한 손에는 땅을 움켜진
두 손으로
어린 양의 눈물 한 방울을
은쟁반 위에 조심스레 담아 올린다

'마르지 않는 빛의 눈물' 이라는 제목

세 아이 중에
두 아이는 보이지 않고

한 아이만 보인다
자세히 보니,
또 세 아이가 아닌가
아이가 흘린 눈물 한 방울이
싱싱한 물고기가 되어 퍼덕인다

직육각의
황금병풍 위로 뚫린
하늘 너머
하늘 너머로
일곱 색깔 무지개 도시가 보인다

어느새,
물고기는 무지개새가 되어
힘차게 힘차게
날아오른다

_2011년 10월 15일 공동시집 「소사나무숲」 작가들

비상

들판의 야생화도
가끔은 두려움에 떨 때가 있다

파도가 심히 잔잔한 때에
속모를 바다 속은
밑바닥부터 일렁거린다는 것을

몹시도 고요한 허공은 반드시
야수의 얼굴을 드러낸다는 것을

정원 밖 세상은
수 세대가 이어진
그날그날의 다른 낯빛

분신들 입자 하나하나에
올곧이 각인된 유전자가
온 몸을 하늘에 안기 운다

아무 일 없는 듯,
너무나 평온한 얼굴이
구름 속으로 숨어든다

생을 마감하는 순간까지
야생화는 생각 없이 고개를 쳐들지 않았다

폭풍우가 거친 청명한 오후
꽃씨가 가뿐히 하늘로 날아오른다

아득한들 어떠하리

1
솔잎 사이로 걸어 나오는 한 남자가 보인다
아니, 여자가 보인다 빛의 사람이다

햇빛 물결이 출렁이는
바다 숲에서 막 뛰쳐나온 사람이다

광인狂人 아닌 광인光人으로
물 한 방울 남김없이 피 한 방울 남김없이
쏟아부은 그 사람이다

죽음의 천지를
온 우주를 삼켜버린 바로 그 사람이다

2
광인의 광기光氣는 생명의 폭포수가 되고

그 사이로 걸어가는 한 사내가 보이고

수감번호 13번의 사형수가 보이고

피해 갈 수 없는 교수대 위에 죽음의 올가미가 시기한 사나이

천형을 안고 태어난 아이가

팔삭둥이 그 남자가 노래를 부른다

3
아득한들 어떠하리

별들이 노래하는 해와 달을 넘어
풍선 같은 우주가 빛 속에서 춤을 춘다

은하수 물결 출렁이는 별들의 주머니는 광인의 보물창고,
빛의 사자가 함께 여행을 떠난다

그냥 그렇게 아득하면 아득한 데로

트라우마

서점에 진열된
잡지 속의 한 여자가 나를 바라본다
아니 너를 바라보고 있다
음모陰謀를 드러낸 영화 속의 주인공
언제나 꿈속을 거니는 여자
등을 뒤로 한 모습이다
여자가 내게로 다가온다
얼굴이 보이지 않는다
얼굴을 볼 수가 없다
이상야릇한 여자이다
아니 얼굴 없는 마녀이다
한 남자와 여자가 나를 비웃는다
때 지난 지금 벽시계는 자정을 알리고
새벽을 거부하는 어둠의 장난이 음산하다
갑자기 여자와 남자의
격렬한 숨소리가 들려온다
밤마다 들려오는 여자의 거친 음성淫聲,
이것은 배신이다 아니 무자비한 공격이다
탈출하고 싶은 악몽이다 아니 괴몽이다
질투의 화신이 각인한 기억

누군가 밖에서 문을 두드린다

문을 여는 순간 온 세상이 빛나고 있다
그래 나는 간다 지금 너에게로 간다

절대 명제 그리고 손상된 명사

1. 간극
특화된 명사답게
무한 공급처에서 폐기한 라이센스를
밀폐된 공간에서 수없이 남발한다

늘 변함없이

천재와 의인의 자리를 꿰차고
모였다가 다시 흩어지는 밴드처럼
일시적인 즐거움을 주겠지만
기대할만한 것이 없다는 것에
전혀 관심이 없다

아신我神들의 명패로 급조한
새로운 대명사가
고갈된 무한 에너지원을
이미 막 내린 무대에서 끊임없이 방출한다
흥겨운 파티는 영원히 끝나지 않는다고,
가난한 자와 부유한 자
주권 권능 권세 지식 지혜
교만 위선 기만 정보 음모

대명사와 절대 명제와의 불립不立한 개념들
또는 불가해한 본질적 간극
무대 위와 무대 아래의 영원한 간극

아, 도저히 건널 수 없는 너와 나 사이 사이

2. 절대 명제

온 우주의 절대 명제는 100% + 100 % = 100%, 100% + 1 = 100%,
100% + (−1) = 100%, 100% + (+1) = 100%, 100% × 1 = 100%,
100% − 1 = 100%, 100% − (−1) = 100%, 100% − (+1) = 100%,
100% × 1 = 100%, 100% × (−1) = 100%, 100% × (+1) = 100%,
100% ÷ 1 = 100%, 100% ÷ (+1) = 100%, 100% ÷ (+1) = 100%,
( )% ÷ 100% = 100%

3. 손상된 명사

손상된 명사는 100% + 100% = 99.9∞%, 99.9 % + 0.1 = 99.9∞%,
100% + 1 = 99.9∞%, 100% + (−1) = 99.9∞%, 100% + (+1) =
99.9∞%, 100% − 1 = 99.9∞%, 100% − (−1) = 99.9∞%, 100% −
(+1) = 99.9∞%, 100% × 1 = 99.9∞%, 100% × (−1) = 99.9∞%,
100% × (+1) = 99.9∞%, 100% ÷ 1 = 99.9∞%, 100% ÷ (+1) =
99.9∞%, 100% ÷ (+1) = 99.9∞%, ( )% ÷ 100% = 99.9∞%

1 ∞의 절대 명제와 비량比量 불가한
영구 탈락한 유한명제

4.
하늘을 봐,
하늘 위 하늘 위에
하늘에서 온 우주를 두루는 빛의 숨결을
부푸는 풍선 안에 수 많은 풍선의 물결을
온 우주를 감싸는 절대 명제의 숨소리

초인의 낡은 램프와 성인의 촉매제

1
단기 수익이 보장된 쿠데타가
지속적으로 발생하고 있다
블랙홀마저도 거부한 가상의 초공간 개찰구를
초당 육만 육천육백 회를 통과하여
매번 성공적인 결과를 만들어 낸다

호모사피엔스를 시조로 하는 신인종新人種이
전인적 생체 변이를 도모하기 전부터
대신관의 전형적인 타이틀 카피는
불로영생이라는 상품을 가공하고 또 가공하여
대량 생산 중이다

2
이 땅을 영구 정착지로 구축한
달빛 사제와 무리들은
황금색 마차를 탄 시종들과 함께
진짜보다 더 진짜 같은
아무런 자각증세도 느낄 수 없는
육욕의 절대만족과
고양된 정신마저 공급하는

중독성 먹이를 다양한 상품으로
포장하여 공급하고 있다

매우 성공적인 듯한 모습으로 조각난 반역들
마지막 발사체를 위한 전원 무장화의 공격 태세
'초인의 낡은 램프와 성인聖人의 촉매제'의 절대화

까마득한 날로만 생각했던
최후의 사형 집행일이
곧 들이닥칠 밀물처럼 점점 가까워지자
과거를 연속적으로 해체하고
재가공 상품을 계속해서 만들어 낸다
정지된 블랙홀 속으로 미래를 쉴 새 없이 내던진다

3
문제는 착각과 망각의 교묘한 충격 요법
가공 상품 전면에 대문짝하게 붙여놓은 탓인지 몰라도
주의사항과 원산지를 전혀 읽어 낼 수가 없다
이는 아마도 '초인의 낡은 램프와 성인의 촉매제'가
끝없는 욕망과 자기애를 달래기 위해
쉴 새 없이 미래를 강도질하는 수법일 것이다

아, 심장이 조여드는 최후의 발악

4
잠시나마 위안은 되겠지
훔쳐보면 볼수록 강도질하면 할수록
경계를 넘어선 신인新人의 생명 연장은
과거에서 과거를 생산하는 시스템으로
잡동사니 미사어구와 각종 연금술에
첨담에 첨단을 더한다
이 땅과 저 땅을 이 공간과 저 공간을 장난질한다

아, 당돌한 꿈이여
최후의 발악이여, 무너진 도전이여

이 땅과 저 땅은
이 공간과 저 공간은
애초부터 하나라는 것을 왜 모르는가 지혜여

5.
다중 다상多想을 가공하고 재생산하는 한계여
아, 신비 과학과 결합한

최첨단 신종교의 과학적 발상이여
초인도 성인도 바로 우리 자신도
사람과 사람을 공격하는 극도의 발악이여

신국神國에서 반란을 도모한
파쇄댄 프로젝트를
땅에 적용하는 방식으로
물고기의 배를 가를 수 있다고 생각하는가
거대한 데이터베이스를 구축하여
쉴 새 없이 구획을 넘나드는
너의 속내가 훤히 보이는구나

가상 세계와 가상현실을
견성체見性體 코드로 잘도 변환하였구나
미리 합성한 극약을
생생한 현실화 작업으로 잘도 속이는구나
각양각색의 방식으로
생성 함수를 조작하는 최후의 발악이여

모두를 다 속여도 너의 깊고 깊은 속내를
나는 잘 알고 있다는 것을

이것만은 꼭 기억해다오
단세포로부터 출발한 신인종은
다시 단세포로 돌아간다는 것을

거울속의 남자는
언제나 처음 남자로 돌아간다는 것을

_2019년 11월 10일 월간 「부산문학」 시를 논한다

칼의 몸부림

1
탈락한 언어의 부호로
우상숭배자들로부터 달아난
지적인 허무와 뇌세포가 충돌한 칼의 몸부림
억압과 자의식이 단절된 한계의 늪
압제를 탈출한 분열 기호의 마술사, 누구?
비구比丘!

2
박제된 자유민에게
철자의 허무를
어지러운 영광을

괄호 밖의 문자로 기호로
대화의 직설을 고발한
자가발전의 내부 고발자
그것만으로도 너는 위대하다

3
칼은 마술을 싫어한다
눈속임의 실제 행위이기보다

거짓으로 진짜인 것처럼
착각을 유발하기에

그래도 마술은 정직하다
변할 수 없는 자신의 본질성을
너무나 잘 알기에
최소한 기만은 하지 않는다

진짜 혐오스러운 것은
고상한 언어의 기교로 작설作說한
그 무엇을 달콤하게 강요하는
그 무엇이 그 무엇을 의미하는 것처럼
정작 마술을 부리면서도
마술이 아니라고 하는 그것이다

4
부품과 부품사이 철자의 배열
1차원과 5차원으로의 연결 칩 속의 사기꾼
그리고 이탈한 문장의 부호와 기호
괄호 안의 신화를 거부한 도시 밖의 농투성이
그것만으로도 칼은 위대하다

_2019년 11월 10일 월간 「부산문학」 시를 논한다

5부
여름날, 홀로 선 겨울나무

여름날, 홀로 선 겨울나무

애잔한 그리움이
무더운 도시의 여름날에
겨울나무로 서 있다
소년은 뿔뿔이 흩어진
도시에 홀로 남아
허리에 파고드는
유혹의 찬바람을 밀어낸다

어제의 기쁨이
오늘의 슬픔을 닦아내듯이

광풍

창밖에는
거대한 뿌리가 흔들리고

하나,

둘,

셋,

수직 낙하를 거부한
잎새의 반란

때로는 사뿐히
바람이 일면

때로는
격렬하게
더욱 격렬하게
잊혀진다

지상천국

심령이 가난한 자는 복이 있다
가난함으로 풍성하다
심령이 부유한 자는 복이 있다
부유함으로 풍만하다

풍성한 혹은 풍만한
아, 땅의 천국이여

이 녀석

바닥의 실체는
더 이상 내려갈 곳이 없다는 것

살아 있는 생물 중에 사람이 제일 싫어하는 것은 밑바닥 인생이
라는 말을 듣는 것이다 밑바닥을 사는 생물은 하늘, 땅, 바다에
헤아릴 수 없이 많다 밑바닥도 부족해서 바닥을 파고 그 안에 사
는 생물도 허다하다 밑바닥 그 이상을 살아도 인간처럼 밑바닥의
개념이 없다

인간만이 밑바닥을 싫어한다

생물 중에 이 녀석은 언제나 바닥에 달라붙어 사는 것이 천성이
다 그래서 식도락가에게 인기가 좋은지 모르겠다 밑에서 밑으로
달라붙는 것을 계산하지 않아서 그런지 이 녀석은 바다의 끝을
상상하지 않는다 이 녀석에게 바닥은 밑바닥이 아니기 때문이다
살아 기식氣息하는 모든 생물에게는 밑바닥이 있다 바닥을 제대로
알고 밑에서 밑으로 낮추는 것은 결코 허우적거리는 밑바닥이 아
니다

이 녀석은 오늘도 밑바닥을 긴다
진짜 위협이 되는 것이 무엇인지 터득했기에

위협이 닥칠 때면 언제나 밑바닥과 하나가 된다
아래로 낮아지는 것을 거부하는
유식한 고등 생물로부터
생명을 위협하는 사악한 무법자로부터
자신을 보호하기 위해
밑바닥에 언제나 밀착한다

바닥에서 바닥으로
내딛는 것은 한계상황이 아니다
온몸으로 순응하는
온 바다를 회유回遊하다. 언제나 돌아오는 고향이다

오늘도 정작 밑바닥을 사는 고등한 동물들은 모든 것 위에 군림
하기 위해 언제나 혈안이 되어 있다 양의 탈을 쓴 이 위선자가 누
구인지 아무도 모른다 개중에는 자신이 위선자인지 모르는 이도
있다 그러나 우리 주위에는 완벽히 존경의 대상이 되고 있는 위
선자가 언제나 밑바닥을 흉내 낸다

_2012년 2월 24일 공동시집 「내가 뽑은 나의 시」 책만드는집

인간의 미래에 대한 단상

잃어 버렸다는 것은
다시 찾을 수 있다는
여지가 있기에
그나마 희망이 있다는 것이다

더 이상 우리에게는 남아 있는 것이 없다
탐욕으로 인해
인생들이 송두리채
파괴되어도
무작정 살해된
내 핏덩이마저도
가슴에 묻을 수 있지만
우리에게 정작 남아 있어야할
그 무엇이 없는
이 현실에서 절망한다

쉽게 자위하고
쉽게 잊혀지고
쉽게 즐거워하는
그렇게 쉽게 감각하는
진보된 유전자의 눈물은

눈물이 아니다
우리의 꿈과 희망을
파괴하는 산화제일 뿐이다

나는 오늘도
그나마 남아 있는 꿈과 희망을
一하고 九 그리고 더블나인해
십이월 삼십일
0시에 박제할 것이다

_1999년 9월 30일 계간 「게릴라」 신인특집, 예니

빛과 수인

사각진 공감에 갇힌 나는
수인囚人 아닌 수인의 몸

낮도 아닌 늦은 밤인데
달빛도 아니고 별빛도 아닌데
정오의 태양도 이처럼 밝을 수 없겠지

한줄기 빛이
사각진 창문에서 부서지고 있다

아! 생강스럽게도
하나, 둘, 셋... 일곱 색깔 빛이 나에게
쏟아지는 것이 아닌가

보이는 빛,
내 속의 빛에 갇혀 버린 나는
정작, 빛이 없이는 살아갈 수 없는데
빛이 어둠 속에서
폭포수처럼 쏟아지고 있다

_2006년 12월 5일 공동시집 「꽃이 핀다 푸른 줄기에」 작가들

황금병풍

여섯 개의
견밀한 사각의 모래성
미래를 꿈꾸는 금요일의 아침과
풍요한 저녁의 황금병풍
인류지성의 화려한 탐욕과
고밀한 정열의 금강석 벽화
과거,
현재,
미래가 하나된
삼위의 역삼각 파노라마

전지무능한 서사의 불나방이
절정을 향해 돌진한다

자궁으로 돌아가자

자궁으로 돌아가자

원시의 시대가 지나가고
폭거의 시대가 물러가고
꼬리 내린 투쟁의 시대에
한 사람, 한 사람이 서고
두 사람이 서고
세 사람이 서 있는 광장에
정작, 너와 내가 보이지 않는다

요란한 잡음과 괴음,
침묵보다 낮은 비웃음
그리고 은폐의 외투들
사람의 소리가 유기당한
도시의 파열음만이 들려온다

살이 찢겨 나가고
피가 낭자한 폭력의 시대에도
너의 인간성은 녹슬지 않았다
진리와 평화의 이름으로
자유와 사람의 이름으로

아신我神의 잇빨을 드러내어
영혼마저 집어 삼키는
광란의 시대에 저당 잡힌
너의 빛나는 야성이 그립다

야만에 맞서
사람의 길을 가고자 했던
너의 절규가 듣고 싶다

초록바다의 연대기

언제부터인가
양의 탈을 쓴 약탈자의 비수가
봄바람 뒤에 숨어
너와 나를, 이땅을
계속해서 노략질한다

죽은 식인 상어가
새끼 고래를 공격하는
교열咬裂한 우상의 시대에
초록바다는 푸르름을 잃지않고
하늘향해 물결치며
자유와 평화를 구원한다

무수한 별빛을 맞으며
새벽바다를 맞이하는
나의 가슴이 뭉클한 까닭은
너의 아픔이
너의 사랑이
너의 소망이
구원을 향한 기도가
온갖 폭력과 폭거에 무너지고

또 무너져도
언제나 역사의 줄기를 타고
박차 일어나 비상하기 때문이다

새하얀 안개로 가리운
갖은 술수와 음모 속에서도
하늘과 땅이 조우하는
너의 눈빛
너의 목소리
너의 손짓
너의 발걸음이
언제나 우리의 정신을
너와 나의 영혼을 빛나게 한다

2019년 10월 5일 「달도 하나 별도 하나」 대구경북작가회의

숲, 동물원 이야기

숲에서 태어났다
처음으로 동물원에 갔다
모두가 인간의 모습이다

사람은 어디 있지

6부
심장이 이동한다

심장이 이동한다

1
예전에는 몰랐다
육체가, 정신이
아니 상상조차 할 수 없었다

거리는 온갖 잡설로 넘쳐나고 있다
한쪽에는 온갖 토설물들이
화려한 문구로 둔갑한다

또 한쪽에는 시각화된
눈 빠진 황금빛 구슬이
삼차원의 공간을 육각형으로
세쌍을 이루어
역삼각으로 돌고 있다

2
착취가 일상화된
합법화된
숭고하기까지 한 뇌하수체가
부패한 심장에서
하나하나 쪼개져

정교한 세탁 과정을
거치는 동안
엔도르핀이 급상승 급강하로 요동친다
기형적인 생장 구조가
정형의 구조를 비틀어
거룩한 이미지로 우상화된다
악취 나는 오물이
1급수로 갈아타는 것과는
미량 비교 불가능한
화려한 변신이다

3
과거에는 잡놈 잡년들이
잡설로 모방하곤 했지만
말 속에 담긴 말의 '거시기'를
'거시기' 하게 포장하지는 못했다
참으로 거시기한 세상에
거시기하게 돌아간다

안과 밖을
아예 구분할 수 없을 정도로

밤낮을 가리지 않는다
까발리고 까발려서
거시기를 먼지처럼 분해한 잡설들이
방마다 밀실마다
거리에서
광장에서
꾸역꾸역 넘쳐난다

4
만인의 우상이 된 잡설들
클레오파트라도 울고 갈
색기가 넘쳐 흐르는
요염한 거시기 앞에서
거시기는 미동을 하지 않는데
거시기가 미쳐 날 뛴다

나라는 거시기가 슬피 울고 있다
또 다른 나의 거시기는
침묵 속의 침묵을 찾아 나선다

갑자기 심장이 이동하고 있다

_2023년 12월 1일 계간 「문학청춘」

파멸의 법칙

때로는 약탈자의 논리로
때로는 나약한 자의 변명으로
이처럼 오래된 역사성을 가진
자기중독의 세뇌 도구가 있을까

가난한 자 · 부유한 자 · 소외된 자 · 소수자 · 노동자 · 상급자 ·
하급자 · 성직자 · 학자 · 예술가 · 지도자 · 경영자

약육강식의 도색화
강강 강약 약약, 약약 속에서 강강 강약 약약의 무한 반복
고밀高密한 함수 관계의 합리화와 체질화

민초를 위한 자유
백성을 위한 자유
사람을 위한 자유
구원을 향한 구원의 자유를
위선과 기만술로 위장한
뿌리 깊은 야만성과 비인간성의 공생

그대는 아는가
잔악한 인간성의 자기변호와

발악의 열풍과 무참한 기교를
뿌리 깊은 탐욕과 자기애를
너의 깊고 깊은 부패한 속내를

네가 네 자신의 아신我神이냐
그러다면 너는 너 자신을 위해 희생해야 한다

그 누구처럼

직구는 지구의 종말이 아니다

위에서 아래로 내리 꽂히는 것은
직구만이 아니다
남녀간의 그것 중에서 그렇고
번지 점프로 그렇고
아파트도 그렇고
새가 땅위의 먹이를 낚아챌 때도 그렇고
정자가 난자를 향해 돌격해 가는 것도 그렇고
길이 쭉 뻗어있는 것도 그렇고
인간이 서서 걷는 것도 그렇고
남자가 서서 오줌누는 것도 그렇고
그러나
피투성이 손으로 길들여진
이 땅 위에 개체들은
어미도 도려내고
아비도 도려내고
누이도 도려내고
형아도 도려내고
도려내다 보니 지루한지
이제는 모든 것을 잘라내고 있다
그것들 앞에서는 해체되고 분해되고
급기야는 서서 오줌누는 일도

박탈당한 채,

개같은 여름날에
나는 전전긍긍하고 있다

_1999년 9월 30일 계간 「게릴라」 신인특집, 예니

시가 있는 단편 소설
-잊혀진 우리 시대의 자화상

나는 70년대 초 서울 답십리 달동네에 얼마간 산 적이 있다 얼기설기 모여 산 그곳은 청계천 지게꾼 아저씨, 시골서 올라 온 고학생 형, 갓 결혼한 동 서기 아저씨 부부와 세 식구인 우리 가족 그리고 두 남동생과 함께 건넛방에 사는 예쁜 누나가 있었다 그 누나는 서울에 올라온 지 얼마 안된 나를 무척이나 귀여워했다 흑백 티비도 귀한 그 시절, 티비를 보고 나면 곧 잘 흉내내던 나의 재롱을 누나는 심심하면 우리 방으로 건너와 호빵으로 유혹했다

어느날, 새벽녘에 큰일이 일어났다 일 나갔다가 돌아온 누나는 밤새 연탄가스에 싸늘한 시체가 된 두 동생을 발견한 것이다 하늘 닿는 달동네에서 동생들을 그렇게 떠나 보내야만 했던 건넛방 누나, 성년이 되어서야 알게 되었지만 어린 두 동생을 위해서 밤마다 뭇사내들에게 웃음을 팔았던 것이다 몇 날 며칠 밤, 울음소리가 끊이지 않던 건넛방에 고요가 찾아 왔다 생각지도 못한 일이 일어났다 그 누나마저도 그것도 목을 매어 동생들 곁으로 간 것이다

며칠 전 나는
신문과 방송에도 보도되지 않은
열 다섯 어린 소녀 가장의 자살에 관한 소식을 들었다
사회복지사로 활동하고 있는 후배는
그 소녀가 죽은 지 반년이 지난 후,
동생에게서 건네 받은 소녀의 일기장에는 이렇게 써 있었다고 한다

「나를 괴롭히는 동네 아저씨들이 무섭다 정말 죽고 싶다」

_2004년 3월 15일 「호주한인문학」 호주한인문인협회

마르지 않는 눈물
- 노숙자 김씨를 위한 서사

1
생명연장의 수단과 방법이 정지된 공간, 의사가 할 수 있는 것은 약
간의 고통을 줄이는 것과 위급한 일이 닥치면 의료기기를 동원하여
임시처치를 하는 것이 전부이다 단지, 확인 가능한 것은 소생할 수
없다는 환자의 상태와 죽어가는 모습을 그저 지켜보는 것일 뿐.

물이 차올라,
만삭된 산모의 배처럼
노랗게 변한 노숙자 김씨의 두 다리는
아기를 해산할 듯한 모양으로
쭉 벌어져 있다

자꾸만 딸깍거리는
목울대의 숨소리는
생명의 끈을 놓지 않으려는
김씨 아닌 또 다른 김씨가
몸 속에서 사투를 벌이는 중이다
몸은 죽어가도
정신은 죽을 수 없을 게다

2

자본주의 시대의 패배자에게는 죽음조차 사치에 지나지 않는다 죽
지 못해 노숙자로 하루하루를 연명한 김씨는 몇 번이고 자살을 시도
한 내용이 그의 수첩에 기록되어 있다

빈농의 독자로 태어나 한때는 대기업 중견간부였던 김씨, 외환위기
이후 명퇴하여 자신 있게 사업에 뛰어들었다 생각과는 달리 실패에
실패로 이어진 사업, 그는 두 딸과 함께 미국 친정집으로 가버린 명
문대 출신 아내의 이혼 소송으로 가정은 파탄나고 결국은 역과 거리
를 오가는 노숙자 신세가 되었다 이제는 시기를 놓친 암세포가 온
몸에 전이되어 시립병원 중환자실에서 생의 마지막을 몸부림치고
있다 한 때는 한국사회의 엘리트라고 인정받던 그가 도시 빈민보다
도 못한 노숙자가 되어 삶과 죽음의 경계에 서 있다

3

노숙자의 처지를
벗어날 수 없는 것은
파산에 이른 빚더미와
나락으로 떨어진
현실 때문만이 아니다
그를 거리로

죽음으로 내몬 것은
평생 아내와 두 딸을 위해
희생해 온 가족의 배신이었다

4
미국 간 김씨 아내와 두 딸
김씨 소식을 알고 있을까
잘사는 처갓집이 실패한 사위,
한번 만이라도 도와주었으면 좋았을 텐데

남편을 내팽개친
여자의 집안인들 별다를 수 있을까
왜냐구요

몰래 미국 갈 준비
다 마치고 이혼 소송까지 했으니
무슨 말이 필요할까
남들은 외환위기가 원인이라고 하겠지

아니야
그것은 아니야

우리 시대의 자화상은
과거에도
다가올 미래에도
수억 걸린 서바이벌 게임은
계속 진행 중일테니까

나는 예언한다
지켜볼 것이다
김씨의 딸들도 엄마를 꼭 빼어 닮으리라는 것을

5
며칠 후면 그의 제적등본에는 사망 장소가 시립병원 몇 호실만이 기
록되겠지, 그가 왜 노숙자 신세가 되어 죽게 되었는지 아무도 그 이
유를 물을 이유조차 없겠지만,

우리 속담에 처녀가 애를 배도 할 말이 있다고 하는데 애는 혼자서
밸 수 없으니까 시대의 논리는 상대적인 논리가 최상의 기준이자,
마지막에는 개인 책임론이다

광장의 논리에 따르면
김씨는 인생을 잘못 살았다

너무 잘못 살았다
대기업에서 잘 나갔던
김씨 자신마저도
이 지경이 된 것을 상상이나 했을까

그래, 그대들의 말이 맞겠구나
허나 그대들에게 외치고 싶어

인간에게는 절대란 없다는 것을
어떤 경우에라도 말이다

오늘도 마르지 않는 눈물 한 방울이
볼에서 떨어지지 않는다

_2011년 10월 15일 공동시집 「소사나무숲」 작가들

128

우상이 된 우상

한 사람이 말했다
연이어 두 사람이 말한다
세 사람, 네 사람, 다섯 사람
그리고 여섯 사람
급기야 모두가 한 목소리로 외친다
말이 우상이 된 광란의 시대

우상이 우상을 낳고
또 낳고 연이어 우상이 우상을 낳는다
차라리 야만의 시대로 돌아가자

우뚝 서있는 원석의 그 우상 앞으로

우리들의 천국

前
옆에 있는 남자가 다른 남자에게 말했다
유부녀는 너무 부담스러워
자네도 Missy를 조심하게나

옆에 있는 여자가 다른 여자에게 말했다
저 남자 돌싱이겠지

後
옆에 다른 여자가 여자에게 물었다
오늘도 우리는 새로운 자극이 필요해
저 남자 유부남이겠지,
답정너야 답정너, 오케이

옆에 있는 남자가 다른 남자에게 말했다
저 여자 너무 이쁜 것 같지
답정너겠지 요즘은 모두가 답정너야 답정너

現
성적 기호는 지극히 사적인 것,
치외법권 간섭불허 사항

사가 모여서 공이 되고 공이 모여 전체가 되질 않나

유부남, 유부녀 뒹굴뒹굴
처녀, 총각도 뒹굴고 뒹굴고
모두가 뒹굴뒹굴

結
불륜 해체, 윤리 해체

외국인이 다른 외국인에게 말한다
우리들의 천국, 모두 코리아로 가자

수목과 바다도 열광하는

새벽은 이미 사라진지 오래이다
이 도시의 수목과 바다는
낮과 밤이 교차하기 전부터
수혈로 다시 태어나는
혈우병 환자처럼
퉁퉁 부어 있다
무엇이 이들을 순환할 수 없는
거리로 내몰고 있는가
(수목과 바다는 그래도 열광한다)
삼대에 걸쳐
태어난지 삼치레도 안된 베이비까지도
검붉은 광장에서
욕망의 분비물로 갈증을 해결하고
타액으로 찌든 말초신경은
보고 듣고 느끼는,
개별적인 것에는 더 이상 반응하지 않는다
그러나 그것들이 이 도시에서
환호하고 열광하는 것을
무엇으로 설명할 수 있을까
문화의 패턴은 더욱 더 아니고
철학적 논리도

종교적 논리도
윤리적 논리도
고상한 예술적 행위도
그나마 진보해 간다는 과학적 이론도
이 시대를 붙잡아 맬 수 없는 것은
무엇인가
단지 유식한 식자들의 계수적 장난에만
두 눈과 귀를 예민하게 집중시킬 것인가
하기사 어떤 영화처럼
욕정에 못이겨 괴로워하는 아들에게
몸까지 보시하는 적나한 행위마저
에술과 표현의 자유로 포장되는
신세기의 윤리와 가치는
이 땅의 트랜드인지 전매특허인지
아니면 시대를 앞서간
초윤리인지 모르겠으나
그래도 오늘 내가 이렇게
냅다갈기는 것은
내 속에 아직도 외로운 인격이 남아 있기 때문이다

어떤 바람

갑자기 돌풍이 이는 듯
거센 바람이 얼굴을 휘감는다

정적이 흐르는 경직된 주위의 사물들

어느 정숙한 년과 바람 난 나는
광인이 되어 버렸다

바람난 년과 이별할 때 그녀는
미친년이 되어 버렸다

나는 정숙한 년과 그저
눈빛만 주고 받았다

해 설

아픔과 고통의 원인을 파헤친 예리한 시선

― 하승무 시집 『신생대의 여섯 번째 꼬리뼈』 ―

송 영 목

(고신대 신학과 교수)

1. 들어가면서

하승무 시인(이하 시인)의 시 세계는 아주 깊고 넓고 높다. 해설을 쓰고 있는 본인은 문학 연구자에 비하면 현대시를 평설할 자격이나 능력이 사실상 없거나 부족하다. 다만 본인이 성경신학을 전공한 신학자로서 기독교의 정경인 구약성경의 시편은 익숙하며, 환상이 많은 성경 묵시문학에 담긴 상징주의도 매우 친숙하다. 이에 곁들여서 말하면, 성경을 해석하는데 알레고리와 다른 성경 상징주의에 대한 이해가 중요하다. 이번에 이 평설을 쓰게 된 이유가 여기에 있을 것이다. 이 글은 성경신학자의 눈으로 시인의 시 세계를 해설하는 희한하고 어설프게 보이는 시도라고 스스로 명분을 세워본다. 시인은 일상의 현장을 염두에 두면서 문학과 신학 등을 넘나들며 간학제적 연구에 열정을 가진 분이다. 시인의 시 세계의 특징은 무엇일까? 반어법과 풍자가 먼저 떠오른다. 성경적 풍자를 위해 사탄과 어둠은 예수님과 빛의 자녀인 그리스도인과 대조된다. 시인의 의도는 죄와 사탄이 파괴해 버린 세계에 대한 해결책으로 복음을 제시하려는 심층적 변증이다. 시의 표층에 흐르는 구조를 파악하는 일도 쉽지 않지만, 심층에 반어와 풍자로 흐르는 시인의 사고를 파악하기란 여간 힘든 게 아니다. 이를 염두에 둔 채, 문학적인 접근은 문학 연구자들의 몫으로 남겨두며, 윌리엄 블레이크처럼 작가의 의도와는 다르게 문학적인 해석 또한 앞으로 다양해질 것이다. 다만 본인은 시인의 전체 시편 가운데 여러 시편을 중심으로 기독교의 관점으로 접근해 본다.

2. 하승무 시인의 시 세계에 대한 평설

시인은 여러 시편의 시문 안에서 반어법(反語法)을 능숙하게 활용하고 있다. 한 가지 특이한 것은 중복 시문에서 두 개의 문장을 대치하여 단어와 단어의 반어를 문장의 의미론으로 확대하여 문장과 문장의 역설을 강조하는 반문법(反文法)을 창안하여 활용한다.

극락을 향해 가는 광활한 평야에서
괴물의 형상을 가진 천사의 무리를 보았다.

(……)

'직립인의 눈과 심장은 사람이 꿈꾸는 파라다이스의 벌꿀보다도 더 달콤하고 향기롭기 때문이지'

— 「직립인의 눈과 심장」 부분

예를 들어, '극락'은 기쁨의 장소인 낙원이 아니라 괴물의 형상을 가진 천사의 거처이다. 그리고 "직립인의 눈과 심장은 사람이 꿈꾸는 파라다이스의 벌꿀보다도 더 달콤하고 향기롭기 때문이지"는 반문법 문장으로 악한 천사들의 우두머리인 마귀가 사람을 벌꿀보다 더 달콤하고 향기롭게 이용해 먹는다는 의미이다. 시인은 이런 우화적 기법을 적용하여 성경적 풍자-우화시를 독창적으로 제안한다. 이를 통해 전적으로 부패한 불신자가 유일한 참 종교인 기독교를 하나의 종교로만 보는 관점을 비판하고, 다양한 길을 통해 구원이라는 산의 정상에 오를 수 있다는 관념도 비판한다. 이러한 시 세계의 배경에는 사탄의 영향 아래 포로가 된 자연인이 자신의 신념을 계속 따른다면 멸망에 빠질 것을 고지하려는 의도가 있다. 예수 그리스도 안에서 복낙원을 한순간 경험하는 독특한 직립인은 하나님 형상의 '사람'이 아닌, 이성과 인간성의 표상인 '직립인'은 스스로 마귀의 희생제물이 될 수밖에 없다. 시인은 단독자로 설 수 있다고 생각하는 직립인이 실낙원을 낙원으로 착각하여 스스로 희생물이 되지 말 것을 촉구한다.

모든 뿌리의 근원은
시작과 끝의 시작이다

물체와 비물체의 내외부를 통과하는
선형이든 비선형이든
곡선이든 비곡선이든
의식이든 비의식이든
완전히 굴절된 암근癌根을 해체하는
물고기의 날개는 뇌수술 매스보다 예리하다
광채가 발한 광로의 열쇠,
그것은
헤아릴 수 없는 무수한 열광이 하늘을 찌를 때,
황금 비늘을 날려 암구癌口의 입구를 봉쇄한다
절망이 짙으면 죽음의 장막이 내리지만
순결한 소망은 빛의 길을 따라간다

– 「쌍어의 비상」 부분

「쌍어의 비상」을 보면 물고기 즉 익투스라는 성경의 기독교 상징을 적극적으로 활용한다. 암근 즉 세상에 암 덩어리를 퍼트려 죽음으로 몰아가는 마귀는 구원의 빛인 광채와 황금 물고기로 표상된 예수님에 의해 정복된다. 이 대목에서 시인의 세계는 어둡고 음산하지 않다. 물고기 두 마리는 예수님의 초림과 재림을 지시한다. 초림은 옛것의 끝과 새것의 시작 즉 종말을 알린다. 재림은 초림에서 시작된 새것을 궁극적으로 승리로 이끌어 완성시킨다. 예수 그리스도께서 하나님으로서의 본연의 신적 존재성과 신적 권위로 마귀의 속임수를 결국에는 진멸하여 마귀와 모든 불신자는 고통 가운데 심판을 받지만, 하나님의 백성은 재림주로 오시는 예수 그리스도를 통하여 몸의 부활과 최후 승리를 거둔다는 소망의 복음이 '빅 아이디어'이다.

어디선가 사각거리는 소리가
파스칼의 갈대숲에서 들려온다

– 「파스칼의 갈대숲을 지나면」 부분

「파스칼의 갈대숲을 지나면」은 부패한 이 세상의 악함과 악한 세력들의 실상과 성령 하나님께서 그리스도께서 다시 오시는 날까지 악의 세력들이 파괴해 온 것들을 치유하고 회복시키고 있다는 사상이 중심 주제를 이룬다. 유사하게 신약성경 중 요한복음과 사도행전은 성령을 바람 이미지로 소개한다. "어디선가 사각거리는 소리가 파스칼의 갈대숲에서 들려온다"는 성령 하나님의 치유하는 실제 사역의 현장을 시적으로 표현한 것이다. 그렇다면 왜 성령의 치유와 회복과 재창조가 필요할까? 사탄이 광란과 유혹을 온 땅과 하늘에 뿌려놓았기 때문이다. 영적 세력을 미신으로 치부하는 현대인은 시인의 논리를 어떻게 이해할지 궁금하다.

> 홀로된 말들이
> 흩어진 생각들이
> 버려진 구술들이
> 독수리처럼 날아서
> 기억의 뒤안길을 돌고 돌아,
>
> 날카로운 철망으로 둘러쳐진
> 육면의 벽을 뛰쳐나와
> 너에게로 간다
> 깊고 깊은 붉은 심장의
> 정점을 향해 너에게로 간다
>
> 깨어난 나비가
> 살포시 엽서 위에 내려앉는다

– 「쇼생크 탈출」 전문

「쇼생크 탈출」은 성도가 하나님의 자녀로서 성화되는 과정을 시적으로 표현한다. '홀로된 말'은 표면적으로는 자기 자신을 스스로 의지하는 말 같으나 실상은 하나님에 대한 믿음의 신앙고백을 가리킨다. '흩어진 생각'은 표면적으로는 중심이 없는 자기 고집의 주장 같으나 주님에 대한 능동적으로 헌신하고자 하는 생각들이다. 그리고 '버려진 구술'은 겉으로는 아무 의미도 없는 공허한

말 같으나 주님에 대한 구체화 된 믿음의 결단들을 지시한다. '기억'은 주님을 만난 첫사랑의 순간이다. '홀로' 그리고 '흩어진' 그리고 '버려진'이라는 말에 심층에 숨겨진 시인의 반어법이 다시 작동한다. '뒤안길을 돌고 돌아'는 첫사랑을 잃어버린 채로 세상의 유혹과 자기 욕망으로 인해 방황한 시간을 의미한다. 그 결과 '날카로운 철망'과 같은 '세상 근심과 자기 욕망, 세상의 유혹, 교만'에 걸리고, '육면의 벽' 즉 마귀가 둘러쳐 놓은 장애물 즉 쇼생크에 갇힌다. 세상에 쇼생크 즉 절망과 두려움에 갇힌 이들이 많다. 그러므로 "날카로운 철망과 빈틈없이 막힌 육면의 벽을 뛰쳐 나온다"는 것은 주님의 은혜로 회복되기 위해서 신앙의 결단과 자기희생의 과정이 반드시 필요하다는 뜻이다. 여기서 소망이 추동한 뛰쳐나옴은 탈출을 넘어 구원이다. 그래서 '깊고 깊은 붉은 심장의 정점'인 예수 그리스도의 보혈을 목도한다. 안정된 믿음 안에 있음 혹은 하나님의 영 안에 거하게 됨을 '엽서 위'로 표현한다. 이 표현이 이해되는 이유는 바울이 말한 대로 성도는 예수님의 편지 즉 '예서'이기 때문이다.

꿈속에서
기나긴 여행을 마치고 도착한
도시의 아침

온 사방을 헤매어 다녀도
보이지 않는 형상들
보이지 않는 신성들
보이지 않는 우상들
그리고
보이지 않는 사람과 사람들

그곳은 근접할 수 없는
철갑인간의 행렬만이
혀의 꼬리를 물고 물리어
돌고 있다

– 「불안한 행렬」 전문

「불안한 행렬」은 소돔과 고모라처럼 오늘날 세상이 하나님께서 창조한 세상을 파괴하고 악이 만연할 뿐만 아니라, 진리를 거스르는 행위를 넘어 인간 스스로 자신을 신격화한 자리에까지 나아간 인간 유형과 역설적으로 현대사회에 속한 지상교회마저 세상 방식에 놓여있음을 보여주고 있다. 이 세상에는 '형상들' 인 정상적인 사람의 모습과 '신성들' 인 존엄하고 엄위한 하나님에 대한 유무형의 가치와 '우상들' 인 하나님에 대한 왜곡된 믿음의 대상과 표상들이 혼재한다. 시인은 사도 베드로의 둘째 편지가 설명하듯이, 정상인이라면 하나님의 신성한 성품에 참여하는 회복된 형상이어야 한다고 말하고 싶어 한다. 무엇보다 '철갑인간' 은 오로지 자기 생각만이 절대적인 기준이 된 인간 유형들과 그들 스스로 벗어날 수 없는 띠를 형성한 세속도시의 모습을 보여준다. 이렇게 세상에 참으로 군상들의 불안한 행렬이 이어지는 듯하다. 안정적인 행렬은 하나님의 형상이 투구와 철 흉패를 착용하고 행군하는 데서 볼 수 있다. 철갑인간의 행렬은 자기 우상의 짐 때문에 힘들다. 본 평설을 쓰는 동안, 인간의 아픔을 용감하게 그리고 자신만의 특유한 방식으로 마주 대한 소설가 한강의 노벨문학상 수상 소식을 들었다. 그런 아픔의 원인과 고통의 증상을 파헤치는 시인의 관점은 독특하고 처방전도 마찬가지로 특유하다.

143

꿈에서 깨어나자,
불현듯 눈앞에 전개되는
고대의 영상들
육각형 도시 안에
여섯 개의 성이 보인다

황금병풍으로 에워싸인
세 명의 갓난아이가
마른 뼈가 살아 운집하는
갈渴숲에서 벌떡 일어선다

(……)

어린 양의 눈물 한 방울을
은쟁반 위에 조심스레 담아 올린다

아이가 흘린 눈물 한 방울이
싱싱한 물고기가 되어 퍼덕인다

― 「일곱 색깔 무지개 도시」 부분

「일곱 색깔 무지개 도시」는 하나님의 도성과 예수 그리스도의 신적 본위와 권능, 희생, 그리고 성자 예수님 사역 중에서 중보자로서의 부활과 승천을 주제로 다룬다. 기독교 정경의 첫 책 창세기에서 무지개는 세상 보존 언약의 증표이다. 성경의 마지막 책이자 결론인 요한계시록은 승천하신 예수님의 신부 공동체를 하늘의 도성인 정육방체 모양의 건물 이미지로 상징화한다. 그리고 계시록에

는 하나님의 보좌와 예수님 위에 언약의 실실함을 상징하는 무지
개가 걸려있다. 시인은 예수님을 '어린양' 과 '물고기' 로 표상한
다. 유사하게 요한계시록은 어린양과 사자로 기독론을 설명한다.
에스겔서는 골짜기를 가득 채운 마른 뼈들이 일어나서 군대가 되
는 회복 환상으로써 유배된 이스라엘 백성에게 소망과 위로를 불
어넣었다. 유사하게 시인에게도 갈숲 곧 메마른 숲에 언약에 신실
하신 하나님의 생기로 마른 뼈들이 일어난다. 시인이 사용하는 여
러 이미지(무지개, 어린양, 물고기, 소생한 뼈)는 성경에 익숙한 그
리스도인에게 쉽게 다가간다. 시인은 이런 상호본문적 능력이 없
는 독자들을 위해 풀어내고 있다.

1
솔잎 사이로 걸어 나오는 한 남자가 보인다
아니, 여자가 보인다 빛의 사람이다

햇빛 물결이 출렁이는
바다 숲에서 막 뛰쳐나온 사람이다

광인狂人 아닌 광인光人으로
물 한 방울 남김없이 피 한 방울 남김없이
쏟아부은 그 사람이다

죽음의 천지를
온 우주를 삼켜버린 바로 그 사람이다

(……)

3
아득한들 어떠하리

별들이 노래하는 해와 달을 넘어
풍선 같은 우주가 빛 속에서 춤을 춘다

은하수 물결 출렁이는 별들의 주머니는 광인의 보물창고,
빛의 사자가 함께 여행을 떠난다

– 「아득한들 어떠하리」 부분

「아득한들 어떠하리」는 예수 그리스도의 희생과 구원의 완전성과 충족성을 주제로 삼는다. '햇빛 물결'은 성부 하나님의 품 안을 가리킨다. '광인' 즉 빛에 미친 사람이자 성자 하나님이신 예수 그리스도 자신이다. '물 한 방울 피 한 방울'은 예수님께서 중보자로서 희생하시고 십자가의 교수대에서 죽음을 맛보심을 의미한다. 예수님은 충성되고 참되며 아멘이신데, 그의 사도 바울도 온전히 미쳤다고 고백했다. 태양계를 포함한 전 우주가 성자 하나님의 능력 안에서 유지되고 기능하고 있다. 사도 바울이 고백한 대로, 예수님은 교회와 세상과 만유의 으뜸이시기 때문이다. 시인은 함께 길 동무가 되는 '빛의 사자'를 통해, 하나님의 보살핌 안에 있는 피조물은 예수 그리스도와 함께라면 신비로운 경험과 은총을 영과 더불어 체득할 수 있음을 표현한다. 생명과 사랑의 빛이 우리에게 떠나지 않기에, 멀고 희미한 나그네 여정이라도 어떠하랴! 시편 시인의 고백대로 세상에서 가장 행복한 거류민은 하나님과 함께 하는 나그네이다.

고대의 원시림 중앙에 우뚝 서 있는
수천억 광년의 고목 꼭대기에서
사람으로 태어난 소년

(······)

오, 뇌세포가 변이하는 자생한 부패여

(······)

세포 세포의 급격한 변이와 증가 그리고 뇌세포의 탈락

– 「소년의 전설」 부분

「소년의 전설」은 베들레헴에서 남자 아기로 성육신한 예수 그리스도의 불가사의한 출생을 통하여, 인류 구원의 유일한 중보자이심과 이에 대한 구원 사역을 훼방하고 구원의 길로 가는 성도를 유혹하여 이탈케 하려는 마귀와 어둠의 세력음모와 간계를 여러 가지 비유법을 통하여 보여준다. 기독인 의사 누가의 보고 대로, 나사렛의 목수의 아들로 성장하신 소년 예수님은 키와 지혜가 자라났고, 하나님과 사람들에게 사랑을 받았다. '고대의 원시림 중앙과 수천억 광년의 고목 꼭대기'는 물리적으로 인간이 상상하거나 상정할 수 없는 장소와 시간 그리고 불가사의한 출생을 직유적으로 보여줌으로써 예수 그리스도의 성육신은 신적 사건임을 보여준다. 지혜의 왕 솔로몬이 설명했듯이, 신적 지혜는 영원 전 그리고 창조 때 창조주로 있었지만, 그때 그 누구도 없었다. 그런데 여자의 유혹에 포획된 사람의 '뇌세포'는 인간 부패의 교만의 상징이다. 이

대목에서 시인의 마음에 솔로몬이 바늘처럼 콕콕 찌르는 말씀에서 경고한 행인을 호리는 음녀의 활동이 있는지 모르겠다. '세포 세포의 급격한 변이와 증가 그리고 뇌세포의 탈락'은 남녀노소를 불문하고 인간의 전적 타락을 상징적으로 직유하고 있다. '신비한 노랫소리'가 처방전이다. 이 소리는 주님의 재림으로 인한 회복의 출발(fade in)을 가리킨다. 예수님 덕분에 인간 역사라는 무한궤도는 순적히 돌아가며 완성된다. 시인은 불신자들이 인간이 확고하게 믿고 있는 신념에 대한 허구와 죄상 그리고 음모와 간계를 적나라하게 보여준다. 따라서 이 시의 핵심 주제는 예수 그리스도께서 중보자로서 신적 권위를 가지고 계시며, 그것은 결코 훼손당하거나 방해할 수 없음이다.

애잔한 그리움이
무더운 도시의 여름날에
겨울나무로 서 있다
소년은 뿔뿔이 흩어진
도시에 홀로 남아
허리에 파고드는
유혹의 찬바람을 밀어낸다

어제의 기쁨이
오늘의 슬픔을 닦아내듯이

- 「여름날, 홀로 선 겨울나무」 전문

「여름날, 홀로 선 겨울나무」는 하나님 앞에 사는 성도의 자세는 항상 세상과 진리에 반한 것에 타협하지 않고 능동적인 자세로 오직 예수님만으로 만족한 삶을 견지하는 참 성도의 자세와 구원의 주제를 서정적으로 간결하게 다룬다. 성도는 무언가를 대망한다. 그런 '애잔한 그리움' 은 다름 아니라 예수님을 사모하고 앙망함이다. 앙상하게만 느껴지는 '겨울나무' 는 진리 가운데 서 있는 '진리의 파수꾼' 을 의미하는 반어법이며 역설이다. 여름에 겨울나무가 서 있다니! 악이 번성하고 가지를 뻗어가더라도 독야청청하는 남은 자가 있는 법이다. 도시는 뿔뿔이 흩어져 있는데, 진리에 반한 세상이 겉으로 아주 견고한 것 같으나, 실상은 바람에 날리는 먼지와 같다. 성도는 '유혹의 찬바람' 을 밀어내어야 한다. 그리고 어떤 경우에라도 유혹에 넘어가지 않기 위해 오직 하나님만 바라보면서 꿋꿋함을 잃지 말아야 한다. 성도가 중생한 어제의 기쁨은 오늘의 슬픔을 닦아낸다. 구약 시편의 시인들이 자주 노래하듯이, 과거의 은혜를 잊지 말아야 현재가 지탱된다.

네가 네 자신의 아신我神이냐
그렇다면 너는 너 자신을 위해서 희생해야 한다

그 누구처럼

– 「파멸의 법칙」 부분

「파멸의 법칙」 은 거짓과 탐욕으로 충만한 기만적이고 위선의 탈을 쓴 인간의 부패한 속성을 남녀노소 계층별 예외 없이 모두가 가지고 있음을 고발한다. 이는 매우 적나라하고 직설적이며 심층 구조적으로 다룬다. 이 시의 핵심 문장인 "네가 네 자신의 아신我神이냐 그렇다면 너는 너 자신을 위해서 희생해야 한다" 는 반문답(反問쫌)이다. 독자는 "스스로 신이 된 존재가 스스로 희생해야 한다니,

이게 가당찮은가?" 라고 반문할 거다. 하지만 시인은 이 반문답으로써 희생의 당위성을 제시하여 인간의 위선의 실체를 알린다. 자기를 내어줌 즉 희생의 모범은 예수 그리스도이시다. 여기서 다시 한번 시인은 정글과 같은 인간 사회에 고착화된 약탈과 착취와 부정과 탐욕과 아픔을 외면하지 않는다. 이는 평강의 왕이자 정의로 통치하시는 예수 그리스도를 뒤로 밀어버린 결과이다. 자신을 무한 긍정한다면 자신이 신이 될 것이고, 그런 이들이 모인 사회는 경쟁으로 피로에 빠질 것이다.

폐허의 낙원에서 건져 올린
생래적 보물을 하역할 정박지를 찾아서
여행하는 일정 내내
불치의 배낭을 짊어진
늙은 구마사의 괴변을 듣는 것도
천 삼백일이 지나고 있다

안락한 실낙원을 떠날 때
개수 공사를 하지 않은 탓인지
무더운 여름철 돛대 위에
지난 겨울 한차례 휩쓸고 간
매서운 한파가
날카로운 서릿발이
아직도 뻗쳐 있는 것은 왜일까

항해하는 동안
배는 매우 편안하고
다양한 기술자들이 풍족해서

안전상 문제는 하나도 없었다
그런데 배 이곳저곳에서
알 수 없는 아주 미세한 균열과
화려하고 수려한 사람들 속에서
왠지 모를 퀴퀴한 냄새가
모든 승선객의 코끝을 자극하는 것이 아닌가

(……)

지난 여름에 배가 뒤집힐 위기 속에서도
간간히 극도의 공포를 자아낸
신세대의 젊은 괴사제의 괴변에도
한마디 대꾸도 없었던 어린 양치기가
기지개를 켜며
우레와 같은 목소리로 외치지 않는가

'실낙원을 떠날 때 가져온 것이 있잖아요'
'배에서 일어나는 모든 일과 목적지가 어디인지
그 안에 쓰여 있어요'

선장이 봉인된 책을 펴는 순간
갑자기 안개가 걷히면서 정박지가
뱃머리 끝으로 다가오는 것이 아닌가

(……)

선장이 내려서

책에 적힌 정박지가 이곳인지
도선사가 입도를 허락한 후에야
제대로 도착한 불멸의 섬이었던 것이다

「불멸의 섬에 닻을 내리다」는 새로운 천로역정이다. 타락한 인간이 낙원을 떠나 천국에 이르는 동안 여러 인물 군상과 마귀의 간계 속에서 유혹을 받는 등 위험과 갈등의 전 과정을 서사적으로 다룬다. 인생 항해를 마치고 종국에는 하나님의 백성만이 천국에 들어간다는 것이 요지이다. 모세와 베드로가 말한 대로, 하나님의 백성은 광야 같은 이 세상에서 거류민과 나그네이다. 그런데 그들은 독특하게도 '주님과 함께 하는 행복한 나그네'이다. 시인은 이 사실을 하나님의 인도와 성도의 굳센 인내가 조화를 이루는 그랜드 내러티브나 대하 서사와 같은 시로 묘사한다. 구체적으로 '생래적 보물'은 만세 전에 택함을 받은 하나님의 계시 즉 예수님이 사탄을 이길 것을 처음 예고하는 원시 복음을 포함하는 성경이다. 구마사가 지고 있는 '불치의 배낭'은 성경적 교리가 아니라, 그릇된 종교적 신념 덩어리이다. '늙은 구마사'는 정도에서 벗어난 종교적 경험과 신념에 충실한 사제를 지시한다. '천삼백일'은 상징적 수로서 '13'의 확대 개념인데, 그리스도를 대적하는 세력이 왕성히 활동하는 기간으로 상정하고 있다. 시인은 성경에서 명시적으로 제시한 바를 찾아볼 수 없는, 일반 독자들이 부정적으로 이해하고 있는 숫자 13으로 적그리스도의 수로 대체하여 그리스도를 대적하는 기간 또한 성경에서 상징적으로 명시하는 '1,260일'을 1,300일로 확대하여 대체한다. 참 나그네 살이를 방해하는 '안락한 실낙원'은 이 세상을 가리킨다. '여름과 겨울'은 두 계절이 동일한 공간과 시간대에 존재할 수 없는 상황을 상치시킴으로써 평탄한 항해가 아니라, 좁고 험난한 가시밭길을 예견하는 듯하다. 따라서 인생의 항해자들은 모든 상황에 대해서 항상 깨어 있을 것을 경책하는 신호가 '여름과 겨울'이다. "안전상의 문제가 없다"는 복음 진리에 반한 자들의 교만한 자신감인데, 역으로 믿는 이들에게는 하나님의 보호와 인도 아래 있음을 의미이다. '항해하는 동안 배'는 매우 편안하고 다양한 기술자들이 풍족해서 안전상 문제는 하나도 없어 보였다. 그런데 배 이곳저곳에서 알 수 없는 아주 미세한 균열과 화려하고 수려한 사람들 속에서 왠지 모를 퀴퀴한 냄새가 모든 승선객의 코끝을 자극하는 것이 아닌가? 시인은 이렇게 두 문장을 상치시킴으로써 어떠한 사실을 드러내고 있다. 그것은 무엇인가? 불완전한 인간이 고안한 안전장치의 불완전함이다. 그것은 구마사 즉 퇴마사도 손쓸 수 없는 균열이요 위험이다.

배에 탄 채로 침묵하던 '어린 양치기'는 목자이신 예수 그리스도이며, 그분의 '우레와 같은 목소리'는 신적 위엄이다. '실낙원을 떠날 때 가져온 것'은 유일한 해결책으로서의 계시(하나님의 말씀)이다. 성경은 나침반이다. 마침내 도착한 '불멸의 섬'은 천국을 가리킨다. '도선사'는 예수 그리스도의 보혈의 증표를 확인하는 천사를 가리킨다. '선장 가족과 어린 목동의 주례로 결혼한 자손들'은 구원받은 하나님의 자녀이다. 불멸의 섬이 아니라 다른 섬에 내린 자들은 어떻게 되었는지 쉽게 가름할 수 있다. 항해자에게 말씀의 나침반, 구원의 방주, 어둠을 몰아내는 빛, 마귀를 이기신 분, 풍랑을 잠재우시는 분이 필요하다. "선장이 봉인된 책을 펴는 순간 갑자기 안개가 걷히면서 정박지가 뱃머리 끝으로 다가오는 것이 아닌가." 이 선장은 목자이신 예수님이리라. 그분은 아버지로부터 모든 권세를 받아서 인봉된 통치 두루마리를 개봉하시고 역사를 추동하시는 분이다.

3. 마무리하는 말

본 평설을 쓰기 위해, 시인의 반어법과 성경 상징주의에 담긴 예수 그리스도의 복음에 다시 주목해 보았다. 이 반어법은 독자에게 어려움이 될 여지가 적지 않다. 그리고 시적 상징도 곱씹어야 소화가 된다.

예수님께서 비유로 설교하실 때 일상 소재로 이야기를 풀어가셨다. 시인도 이와 유사한데, 필요할 때 신조어를 제조한다. 시인의 시적 세계 안에는 영과 육이 분리된 이분법적 사고가 아닌 영과 육이 하나가 된 하나님의 형상으로 피조된 사람 그 자체에 주목하고 있다. 매우 심층적인 다층구조를 형성한 중의와 반어와 상징 혹은 은유는 일상의 언어와 균형감을 찾아간다.

시인은 대조를 잘 구사한다. '여름' 과 '겨울' 이 대조되고, '파멸과 불안' 은 '불멸' 과 대조된다. 본인은 시인의 사고 심층에 흐르는 논리 구조를 다 파악하기 어렵다. 하지만 분명히 시인의 사고는 예수님과 구원의 복음 중심이다. 예를 들어, 시인은 쌍어 즉 익투스이신 예수님의 초림과 재림을 한 쌍으로 제시한다. 시인은 한 쌍 즉 적어도 둘이 되어야 객관적 증언이 성립된다는 사실도 알고 있다. 정확히 말하면, 시인은 소망과 복음의 중심에 예수님을 둔다. 그래서 시인이 볼 때, 예수 그리스도가 계시지 않는 직립 인간의 행렬과 항해는 불안하다.

또한, 시인은 시대정신을 비평하는 거칠고 날카로움에 멈추지 않고, 더 나가 소망과 답을 찾도록 독자들을 초대한다. 그런데 시인은 단순한 초대를 넘어 지혜로운 실존적 결단을 독자에게 촉구한다. 500년 전 종교개혁가들에게 회자된 '어둠 후에 빛' 은 이제 개혁의 후손인 시인의 외침이다. 그 수고로운 외침에 깊이 감사를 표한다.

신조어 목록

1. 신인종(新人種) : 이성주의가 만들어 낸 최극단의 인간 유형
2. 암근(癌根) : 모든 부패의 근원, 부패한 인간 그것 또는 유무형의 전형
3. 암구(癌口) : 암근의 활동과 그 영역
4. 유토(油土) : 오염되고 악취가 가득한 회생 불가능한 상태
5. 활상(活狀) : 형상의 움직이는 모양새
6. 갈숲(渴–) : 황량하고 거친 메마른 숲
7. 무지개새 : 약속과 부활을 상징
8. 중인종(中人種) : 이성주의가 만들어 낸 정체성을 상실한 현실주의자
9. 견성체(見性體) : 가상 이론의 실체, 물리적으로, 화학적으로 확인 불가능한 것
10. 아신(我神) : 자기자신을 모든 판단의 기준으로 삼은자

하승무 시인 소개

　하승무 시인은 1963년 경남 사천군 사천읍 정의동에서 태어났다. 1994년 계간 한겨레문학에서 '호모사피엔스의 기억' 외 6편으로 신인문학상을 받았으며, 박재삼 시인 외 2인의 추천으로 문단에 나왔다.

　등단 이후, 부산을 중심으로 본격적인 시작 활동을 해 왔으며, 1998년 1월 호주 한인 언론사 편집장으로 이직, 호주동아일보 신년문예 심사위원으로 참여했다. 아울러 '호주한인문학' 창간동인으로 영문 번역시를 창간호에 게재한 것이 서구 국가에 알려지게 되면서 당시 영미권 일부에서는 그를 한국의 근현대시인 중에 블레이크 계열의 유일한 예언자적 시인으로 평가했다.

　이를 계기로 영미권의 젊은 시인들과 기타 예술가들에게 여러 사이트를 통해 공식적으로 찬사를 받았다. 2000년에 국내로 귀국한 그는 신학대학원 3년 과정과 4년간의 목회수련 과정을 거쳐 장로교 목사가 되었으며, 신학과 사학 석박사 과정을 마친 후, 신학교와 대학교 강단에서 역사신학과 성경해석학, 비판적 사고와 창의적 글쓰기 및 동서양 역사 일반을 강의해 오고 있다. 현재는 한국장로회신학교에서 역사신학 재능기부 교수로, 부산기독교문인협회 창립대표와 한국문예창작교육원 원장으로 봉사하며 국내외 비영리단체에서 활동하고 있다.

(ransah@naver.com, ransah@cu.ac.kr)

Korea ink & watercolor on colored paper
by Suh, Sang – Hwan